RENÉ,

ÉPISODE

DE M. LE VICOMTE DE CHATEAUBRIAND,

suivi

DE LA

CAPTIVE ROYALE,

ROMANCE ESPAGNOLE,

Tirée des Lettres vendéennes de Valbs,

Le tout mis en Vers

PAR JOACHIM R.***

—

TARASCON,

IMPRIMERIE D'ÉLISÉE AUBANEL.

1832.

RENÉ,

Épisode

DE M. LE VICOMTE DE CHATEAUBRIAND,

suivi

DE LA

CAPTIVE ROYALE,

ROMANCE ESPAGNOLE,

Tirée des Lettres vendéennes de Valth,

Le tout mis en Vers

PAR JOACHIM R.***

TARASCON,

IMPRIMERIE D'ÉLISÉE AUBANEL.

1832.

AVERTISSEMENT.

Possesseur de loisirs nombreux, à la suite d'événemens divers, je conçus le projet de me retirer à la campagne : là, cherchant un délassement utile dans le commerce des Muses, et mon admiration pour notre grand écrivain s'augmentant par la lecture de ses ouvrages, je fis choix, pour le traduire, de celui qui me parut le plus en rapport avec mon état solitaire. Cette poésie rêveuse qui parle à l'âme, ce style nouveau si heureusement frappé d'originalité, enfin les longues infortunes et les étranges rêveries de René, m'émurent à un tel point, que l'idée de le mettre en vers adoptée par moi, deux fois quinze veilles firent éclore cette traduction que je présente au Public.

Il y a des ouvrages que tout homme de-
vrait apprendre par cœur; or, qui niera
jamais que la poésie ne serve beaucoup à
atteindre ce but? Aussi je m'estimerais
heureux si, par mon moyen, les passages
moraux qu'il renferme, retenus et médités
par bien de jeunes têtes, venaient leur servir comme un frein sage et modérateur
dans la conduite de leur vie.

Quant à ce qui regarde ma traduction,
j'attendrai avec calme le jugement du lec-
teur éclairé. Je ne redoute pas une censure
impartiale pour ce petit délassement; et
comme, jeune encore, je crois avoir besoin
des conseils d'hommes réfléchis et savans,
l'on me trouvera de facile composition
pour les corrections dont il serait suscep-
tible, et qu'on voudra bien me signaler.

RENÉ.

Rᴇɴᴇ́ touchant à peine au rivage Indien,
Au sort d'une négresse avait uni le sien,
Moins par goût, que pour plaire à ce peuple docile;
Sa femme, loin de lui, vivait seule et tranquille;
Mais son cœur dominé par un triste penchant,
Dans les sombres forêts l'entraînait follement.
Ses jours s'y consumaient visitant chaque plage,
Et sauvage, il vivait dans un pays sauvage,
Éloigné des humains, et n'aimant que les bois;
Deux mortels sur son âme avaient pourtant des droits :
Chactas, qui l'adopta; l'autre, un homme héroïque
Qui prêchait, dans ces lieux, le dogme évangélique;
Ces deux sages vieillards commandaient à son cœur :
Chactas, par sa bonté; Souël, par sa rigueur.
Depuis que le Sachem, à la vue obscurcie,
Fit entendre à René le récit de sa vie;
Quand, tous deux, dans les bois ils chassaient au castor,
René promit le sien, et le cachait encor.
Pourtant de ses amis l'attente était profonde;
Ils désiraient savoir comment de l'ancien monde
Un paisible habitant, par un fatal désir,
Dans ces affreux déserts venait s'ensevelir?

René de son refus donnait ainsi la cause :
« Le récit de ma vie embrasse peu de chose,
» Elle se borne au plus à quelques sentimens,
» Ensuite, il ajoutait : quand aux événemens,
» Qui m'ont conduit d'Europe au fond de l'Amérique,
» Amis, n'attendez pas que René les explique.
» Ce secret, dans mon cœur j'ai soin de le cacher. »
Jamais les deux amis n'avaient pu l'arracher.
Mais, trois ans écoulés, ils purent le connaître.
Des rivages français il reçut une lettre,
Et soudain sa tristesse augmenta tellement,
Qu'il fuyait ses amis à leur étonnement.
Mais sans se rebuter, par un subtil langage,
Désireux dans son cœur de s'ouvrir un passage,
Ils mirent tant de zèle et tant d'autorité,
Que René du refus n'eut plus la liberté.
Il leur fixa le jour, où comblant leur envie,
Il leur raconterait, non les traits de sa vie,
(Puisque d'aucun revers il n'avait à souffrir);
Mais ses désirs secrets, et son long repentir.
    Dès le vingtième jour, en la saison riante,
Où la lune des fleurs se lève plus brillante.
René dans sa cabane alla trouver Chactas.
Sur les bords du grand fleuve il conduisit ses pas :
L'homme religieux s'y rendit. A cette heure,
L'aurore des NATCHEZ éclairait la demeure,
Leurs bois de mûriers, leurs cabanes de joncs,
Qui de la douce abeille imitent les rayons.
Sur la droite du fleuve est le fort Rosalie ;
Des français en ces lieux ont une autre patrie,
Des tentes, des maisons, des remparts imparfaits :
Des nègres de sueurs arrosant les guérets,

Et le noir Indien, et l'homme au blanc visage,
Offraient les douces mœurs dans un pays sauvage.
Des monts Apalachiens les sommets écartés,
Relancent du soleil les naissantes clartés;
Quand des hauteurs des Cieux l'astre les illumine,
Comme des traits d'azur leur crête se dessine,
Et du MESCHACÉBÉ les flots silencieux,
D'une riche bordure entouraient ces beaux lieux.

   » René l'adolescent, l'homme de la prière,
Plaignirent le Sachem, privé de la lumière,
De ne pouvoir jouir d'un spectacle aussi beau :
Les vieillards prirent place au pied d'un vieil ormeau;
Assis dans le milieu, René sur l'herbe molle,
D'un ton plaintif et doux prit alors la parole :
« A peine, en commençant ce pénible récit,
» Un sentiment de honte occupe mon esprit;
» Le calme de vos cœurs, la paix de la nature,
» Impriment sur mon front le trouble que j'endure.
» Oh! combien mes destins méritent de pitié!....
» J'ai connu la douleur dans la tendre amitié :
» Vainqueurs de mille maux, aux bornes de la vie,
» Combien votre sagesse aggrave ma folie.
» Ah! qu'allez-vous penser de l'homme sans vertu,
» Qui cause les tourmens dont il est combattu?....
» Ne le condamnez pas, sa peine fut amère.
» Malheureux, en naissant, je fis mourir ma mère,
» Et je dus, pour sortir des prisons de son sein,
» Attendre que le fer m'en ouvrit le chemin. »
Pour son titre d'aîné je vis bénir mon frère,
Mais moi, triste orphelin, une femme étrangère
M'emporta, du berceau, loin du toit paternel.
   » J'étais calme et bouillant, sombre, superficiel,

Souvent plein d'allégresse et de mélancolie ;
Des enfans du hameau j'aimais la compagnie ,
J'éprouvais de la joie à m'en voir entouré ;
Mais fuyant, tout à coup, vers un antre ignoré ,
Je contemplais la lune entr'ouvrant le nuage,
Ou la pluie en tombant, qui frappait le feuillage.

» En Automne , chaque an , au château ramené ,
Je venais visiter les lieux où j'étais né ;
Au milieu des forêts, en province lointaine ,
Un lac fertilisait cet antique domaine ;
Mais j'avais à le voir un bien triste plaisir.

» Contraint devant mon père , et brûlant d'en sortir ,
Je respirais heureux près ma sœur Amélie.
A mes tristes destins elle vouait sa vie ;
Plus jeune, de trois ans, que cette aimable sœur,
Nous avions mêmes goûts , mêmes vœux , même humeur.
Ensemble nous aimions à gravir les montagnes,
A voguer sur le lac, à courir les campagnes,
Quand des sombres forêts les feuillages flétris
Murmuraient, en tombant, auprès des troncs vieillis.
Souvenirs de l'enfance, ô bonheur ! ô patrie !
Ne perdez-vous jamais ce charme de la vie ?.....

» Tantôt nous promenant d'un pas silencieux ,
Quand l'automne amenait les autans furieux ,
Nous écoutions des vents la voix et les menaces,
Ou le bruit de la feuille , attachée à nos traces ,
Que sous nos pas rêveurs nous traînions lentement ;
Tantôt changeant d'étude et de délassement ,
Nous suivions dans les prés l'hirondelle rapide ,
Ou l'arc-en-ciel brillant sur la colline humide.
Charmés de la beauté de ce riche Univers ,
Inspirés, quelquefois nous murmurions des vers :

Les Muses, jeune encor, daignèrent me sourire
De fraîches passions, un innocent délire,
Une voix simple et pure, une âme de seize ans,
Quel sujet plus fécond pour inspirer des chants ?....
L'aurore d'un beau jour, le matin de la vie,
Sont pleins de pureté, de grâces, d'harmonie!

» Au temps de la prière, au jour du grand repos,
Dans la vaste forêt porté par mille échos,
J'ai souvent entendu l'airain mélancolique,
Qui guidait vers le temple une foule rustique.
Appuyé sur le tronc d'un arbre ruineux,
J'écoutais son murmure et sublime et pieux;
Chaque frémissement dans mon cœur fesait naître
L'innocence des mœurs et du plaisir champêtre,
Le calme du hameau, le don religieux,
Les pensers du jeune âge et ses aimables jeux.
Oh! quel cœur si mal fait, avec reconnaissance,
N'a pas ouï sonner au lieu de sa naissance,
La cloche qui de joie entoura son berceau,
Qui marqua son entrée en un monde nouveau,
Fit palpiter son cœur, fit tressaillir son père,
Et causa les plaisirs et les pleurs de sa mère!
Tout revit dans les sons du champêtre beffroi.

» Un peu tristes de cœur, mon Amélie et moi,
(Des parens, ou du Ciel, précieux avantages)
Nous nous laissions charmer par ces douces images.

» Mon père cependant d'un mal cruel atteint,
Vit en très-peu de jours terminer son destin;
Il mourut dans mes bras, sur l'auteur de mon être
Je redoutai la mort que j'appris à connaître.
Ce triste souvenir sera long-temps nouveau....
Je le vis immortel dans le fond du tombeau,

Car je n'augurai point qu'une vile poussière,
Dans nous du sentiment fit briller la lumière ;
A ce don de penser j'assignai son auteur :
Et plein , tout à la fois, d'espoir et de bonheur,
J'espérai de l'exil abandonnant la terre ,
Aller unir mon âme à celle de mon père.

   » Un nouveau phénomène encouragea mes vœux;
Ses traits, dans le cercueil, étaient majestueux ,
Quand déjà de la mort il subissait l'outrage.
Pourquoi ces traits brillans empreints sur son visage ?
Pourquoi tant de grandeur, pourquoi tant de beauté ?
Ne nous diraient-ils rien de l'immortalité ?
Enfin pourquoi la mort pour qui rien n'est mystère
N'aurait-elle gravé sur le front de mon père
Les merveilleux secrets d'un monde tout nouveau ?
L'avenir n'est-il plus l'habitant du tombeau ?

   » En proie à sa douleur , et par elle abîmée ,
Dans le fond d'une tour Amélie enfermée ,
Écoutait retentir, sous son antique toit,
La cloche funéraire, et les chants du convoi.

   » Mes pleurs coulaient aussi; cependant plus tranquille,
J'accompagnai mon père à son dernier asile.
La terre se ferma, l'avenir et l'oubli
Pesèrent de leur poids sur ce reste chéri.
Le soir l'indifférent passait sur sa poussière,
Hors sa fille et son fils,... tout oubliait mon père !

   » Mais à peine enfermé dans le fond du tombeau,
Mon père nous léguait un déplaisir nouveau.
Par un droit respecté , (celui de la naissance),
Mon frère du château reçut la jouissance,
Mon Amélie et moi , délaissés , sans merci,
Chez des parens âgés nous eûmes un abri.

» Ainsi donc arrêté sur le seuil de la vie,
J'en vis les deux chemins, et n'eus point la folie
De pousser plus avant un essai si douteux...
Ma sœur pour le couvent me parlait de ses vœux;
J'étais le seul obstacle offert à sa tendresse.....
Et sur moi ses regards erraient avec tristesse.....

» Un cloître se montrait près mon séjour des champs.
Le cœur encore ému de ces désirs touchans,
J'en visitai les murs; un moment j'eus l'envie,
D'y cacher à jamais ma languissante vie,
J'y goûtais par avance un bonheur assuré,
Et le cœur plein de joie, et d'un ton inspiré :
« Heureux, je me disais, l'homme prudent et sage,
» Qui, sans quitter le port, termine son voyage,
» De sa vie, ici-bas, sait modérer le cours,
» Et n'a point à traîner d'interminables jours !.... »

» Sans relâche agités, les hommes du vieux monde
Vont chercher dans les bois la paix la plus profonde;
Car plus le cœur est gai, bruyant, tumultueux,
Plus le calme et la paix sont l'objet de ses vœux.
Ces asiles de France ouverts à la misère,
Se voient dans les vallons où l'indigent espère,
Quelquefois près des Cieux, où des cœurs pénitens,
Comme la tendre fleur élèvent leur encens.

» Oui, je crois voir encor le tableau magnifique.
Des cascades, des bois, du monastère antique,
Où j'allais me soustraire au bizarre destin,
Je crois me voir errant, du jour sur le déclin,
Dans ces cloîtres obscurs, ruineux, solitaires,
Quand la lune éclairait de ses pâles lumières
La base des arceaux; quand son rayon brisé
Versait la sombre nuit sur le mur opposé,

J'examinai la croix de chaque sépulture,
Et ces fleurs de la mort qui croissent sans culture
Dans les joints écartés des antiques tombeaux.
« Mortels, qui loin du monde, inconnus à ses maux,
» Passez sans vous troubler, quand la vie succombe,
» Du silence du cloître à celui de la tombe,
» De quels dégoûts mortels vos cercueils glorieux
» Ne remplissaient-ils pas l'âme d'un malheureux ? »
    » Pourtant soit inconstance, ennui, bizarrerie,
Soit que des préjugés j'eusse encor la manie,
Tous mes pieux desseins venant à se changer,
Mes désirs les plus chers furent de voyager.
J'en avertis ma sœur, elle parut joyeuse,
Comme si mon départ allait la rendre heureuse !
L'amitié, dès ce jour, fut sans enchantement.
    » Sur l'océan du monde élancé follement,
Alors j'allai m'asseoir, conduit par ma jeunesse,
Sur les débris épars de Rome et de la Grèce,
Pays de souvenirs et de rares talens,
Où les palais des Rois, où les tombeaux des grands,
A jamais descendus de leur grandeur première,
Se cachent sous la ronce, ou gissent sous la terre.
O faiblesse de l'homme ! ô puissance des Cieux !
Un brin d'herbe a percé ces marbres orgueilleux
Où dorment, au cercueil, tant de têtes puissantes,
Trop faibles pour briser ces entraves pesantes !
    » Quelquefois de sa base élancée hardiment
Une haute colonne, antique monument,
Venait s'offrir à moi dans un désert sauvage,
Comme un noble penser, qui dans l'âme d'un sage
Survit aux grands dégâts d'un esprit dévasté.
    » Des chefs-d'œuvres des arts alors tout transporté,

J'aimais à remonter à leur secrète source,
J'admirais ce soleil qui, dans sa vaste course,
A vu naître et fleurir tant de peuples détruits,
Rouler pompeusement sur leurs tristes débris.
La lune se levant sous un ciel sans nuages,
découvrait sous mes pas de lugubres images,
Et j'allai méditer sur l'urne d'un tombeau.
Souvent à la lueur de son pâle flambeau,
Nourrissant dans mon sein la douce rêverie,
J'ai cru des souvenirs entrevoir le Génie
Pensif, les yeux baissés, assis à mon côté.
    » Des bois et des cercueils quand je fus dégoûté,
Je voulus éprouver si le siècle où nous sommes,
Avait plus de vertus que les antiques hommes.
Un jour en traversant une vaste cité,
Dans le fond d'un palais solitaire, écarté,
Un personnage en deuil de son doigt fesait signe
Un lieu rendu fameux par un massacre indigne. (*)
Les vents autour du marbre étaient seuls entendus,
Cet aspect me frappa; mes sens furent émus,
Des manœuvres au pied reposaient sans décence,
Ou taillaient, en sifflant, un bloc de pierre immense :
Quand d'eux, du monument je voulus être instruit :
Les uns ne dirent rien, et l'un d'entr'eux m'apprit
Qu'ils ignoraient encor la tragique aventure.
Des hauts faits des mortels j'eus alors la mesure,
Et le néant de l'homme et ses tristes destins :
Que sont donc devenus ces grands, ces souverains,
Dont le nom retentit sur la terre ébranlée ?
Le temps a fait un pas, elle est renouvelée ;
Emportant dans son cours cruel, précipité,
Le souvenir de l'homme et sa célébrité.

(*) A Londres, derrière Withall, la statue de Jacques II.

» Je recherchais surtout dans mes lointains voyages,
Ces artistes fameux, ces poètes, ces sages,
Qui font frémir le luth du nom sacré des Dieux ;
Ou chantent le bonheur de ces peuples heureux,
Qui cultivent les lois, les gardent avec gloire,
Et des morts au tombeau conservent la mémoire.
Ces chantres, fils du Ciel, possèdent sûrement
Le don le plus aimé, le plus doux, le plus grand ;
Ils coulent leurs beaux jours dans l'heureuse innocence ;
Des Cieux leurs bouches d'or célèbrent là puissance.
Plus que nous ingénus, dans leurs récits touchans,
Ils s'expriment en Dieux ou parlent en enfans.
Des lois de l'Univers, instruits dans l'harmonie,
Ils ignorent les soins et le cours de la vie ;
Des secrets du tombeau ne sont point étonnés,
Et meurent cependant comme des nouveaux-nés.
  » Sur les monts escarpés de la Calédonie
Des Bardes le dernier, dont la douce harmonie,
Ait fait dire aux échos de ces tristes déserts,
Et les sons de sa lyre, et ses sublimes vers,
Me répéta des chants dont jadis sa jeunesse,
D'un héros généreux consolait la vieillesse.
De quatre rocs mousseux rassemblant les débris,
A côté du vieillard je reposais assis ;
Un torrent, sous nos pieds, roulait dans des ravines,
Le chevreuil suspendu, paissait sur des ruines ;
Et du côté des mers, un vent qui s'éleva,
Balançait fièrement les genêts de Cona.
Fille aussi des rochers, la Religion sainte
Fait entendre au désert une amoureuse plainte ;
Elle a planté sa Croix sur les rocs menaçans,
Où les fils de Morven jadis furent vaillans,

Où chantait Ossian : la harpe prophétique
Elève jusqu'au Ciel son immortel cantique,
Dans les lieux où Fingal livra de grands combats ;
Bergère, des troupeaux elle guide les pas,
Et place sur les monts qu'habitaient des fantômes,
Des ministres du Ciel sous la figure d'hommes.

» Second berceau des arts, l'empire des Romains
S'empressa de m'offrir ses chefs-d'œuvre divins.
Pénétré d'une horreur et poétique et sainte,
J'allais errant partout, visitant chaque enceinte,
Construite par les arts, au culte du vrai Dieu ;
Mais, qui pourrait compter ce qu'on voit en ce lieu
De colonnes, d'arceaux, de marbres, de portiques ?
Qu'ils sont beaux, répétés sous ces dômes antiques,
Ces murmures bruyans, pareils au bruits des mers,
A la voix de Dieu même, au souffle des déserts,
Qui viennent se choquer sous ces illustres faîtes !
Le ciseau s'embellit des pensers des poètes ;
L'architecte bâtit, et fait toucher aux sens
Le fruit de ses travaux, leur génie, et ses plans.

» Pourtant qu'avais-je appris par de si longs voyages ?
Rien de certain parmi les hommes des vieux âges,
Rien de stable et de beau, dans ce siècle récent.
Sous des traits incomplets, le passé, le présent,
Viennent s'offrir à nous ; l'un porte les blessures
Qu'il reçut à travers des époques obscures,
L'autre attend sa beauté des mains de l'avenir.

» Peut-être, mes amis, devais-je vous offrir
Un de ces monumens de la belle nature :
A tort, jusqu'à présent, j'en tardais la peinture ;
L'habitant des déserts se plait à ces récits.

» Au sommet de l'Etna j'étais un jour assis :

Je voyais le soleil, lancé dans la carrière,
Se rouler, sous mes pieds, tout brillant de lumière ;
La Sicile bornée était là comme un point,
Et la mer en couroux se découvrait au loin ;
Les fleuves rétrécis paraissaient sur la terre,
Comme un long trait d'azur dessiné sur la sphère ;
Et tandis que mon œil les suivait dans leurs jeux,
L'autre dans le volcan y contemplait ses feux ;
Et je voyais sortir des cavités brûlantes,
D'une noire vapeur les vagues ondoyantes.
    » Un homme à passions, jeune, léger, ardent,
Immobile, au-dessus des flammes d'un volcan,
Qui gémit sur le monde, et qui le voit à peine,
Est plus digne, ô vieillards, de pitié, que de haine.
Mais quoi que ce portrait fasse sur votre esprit,
Je ne veux rien cacher de tout ce long récit,
Vous blâmerez René, vous plaindrez son jeune âge,
Ce volcan de ma vie est la parfaite image,
C'est ainsi qu'à mes yeux j'ai toujours eu présent,
La vaste immensité, l'abîme, et le néant.
    » En prononçant ces mots, René, l'âme attendrie,
Se livra tout à coup à sa mélancolie.
Souël le regardait, ses sens étaient émus,
Et l'aveugle Sachem, qui ne l'entendait plus,
Écoutait, étonné de ce morne silence.
Un groupe d'Indiens, qui du désert s'avance,
Attachait les regards du malheureux René ;
Bientôt il s'attendrit, d'un ton passionné,
Les larmes dans les yeux, il crie : « heureux sauvages,
    » Quand aurai-je la paix qui rit sur vos visages ?
    » Lorsque presque sans fruit j'errais dans vos forêts,
    » Quand dans vos bois assis je respirais l'air frais,

» Je vous voyais joyeux sous ces rians asiles,
» Laisser couler vos jours fortunés et tranquilles ;
» Vous saviez écarter mille inutiles soins,
» Un instinct toujours vrai, dictait seul vos besoins ;
» Tempérés dans vos mœurs, réglés dans vos usages,
» Vous viviez mieux que nous, justes, heureux, et sages,
» Et, partant, du bonheur, si désiré, si doux,
» Le secret précieux reposait seul en vous.
» Si l'excès des plaisirs, si la monotonie
» Répandait quelqu'ennui sur les biens de la vie,
» Vous saviez conjurer ce malheur passager ,
» Lorsque fixant le Ciel, prêt à vous protéger,
» Vous cherchiez avec foi, dans le sein du nuage,
» Ce Dieu qui prend pitié du malheureux sauvage. »
  » Ici René se tut : pour la seconde fois,
Des soupirs trop pressés étouffèrent sa voix ;
Et laissant, à regret, son histoire imparfaite,
Sur son cœur tristement il inclina sa tête.
Dans l'ombre de Chactas le bras est étendu :
Il embrasse René, puis d'un ton presque ému :
« Mon fils, s'écria-t-il, » le frère d'Amélie
Sortit en rougissant de sa mélancolie ;
Alors le vieux Chactas fit entendre ces mots :
« Les mouvemens du cœur ne sont pas tous égaux,
» Mon jeune ami, le tien eut ce commun partage,
» Modère cet élan, triste fruit du jeune âge ;
» Si plus qu'à nous encore il te reste à souffrir,
» Bien loin de t'émouvoir, il faut t'en réjouir ;
» Le Ciel par nos malheurs mesurant nos mérites,
» Verse de faibles maux dans les âmes petites,
» Mais il départ aux grands de plus grandes douleurs.
» Achève ton récit, il a charmé nos cœurs,

» Et tout en nous parlant de l'Europe polie,
» Ajoute quelques mots de ta chère patrie.
» J'ai vu ce beau pays; des souvenirs charmans
» M'attachèrent, jadis, au rivage des Francs.
» Oh! parle-moi surtout de ce chef magnifique, (*)
» Qui ne vit plus, mais dont j'ai vu la hutte antique.
» Un vieillard qui pour lui voit le tombeau s'ouvrir,
» Mon fils, n'existe plus que par le souvenir.
» Le chêne décrépi t'en retrace l'image;
» Il ne se pare plus de son propre feuillage,
» Mais l'arbuste rampant que ses bras ont porté,
» D'un voile hospitalier couvre sa nudité. »
   » Calmé par ce discours, le frère d'Amelie
Poursuivit en ces mots l'histoire de sa vie :
O mon père, dit-il, alors encore enfant,
Je ne t'apprendrai rien de ce siècle étonnant,
A peine si j'en ai la douce souvenance,
Quand j'y fus de retour, il finissait en France,
Mais jamais changement plus prompt et plus subit,
N'avait tombé du Ciel sur un peuple maudit;
Jamais un si grand mal n'affligea ma patrie :
Du respect pour son Dieu, des hauteurs du génie
Ce peuple souverain tout à coup descendu,
Intronisa le vice et bannit la vertu.
   » C'était donc vainement qu'en ce séjour infâme,
J'espérais retrouver le calme de mon âme.....
Je n'avais rien appris, et pour comble de maux,
J'en connaissais assez pour troubler mon repos.
Par surcroît, de ma sœur la vie inexplicable,
Ajoutait mille maux aux maux d'un misérable;
Espérant la revoir, je l'en fis avertir;
Mais soudain, de Paris se hâtant de partir,
    (*) Louis XIV.

Et m'opposant toujours des sentimens contraires,
Incertaine des lieux, et prétextant d'affaires,
Ce fut pour m'éloigner qu'elle me répondit...
O perfide amitié! présent, on t'attiédit,
Quand tu combles nos vœux, notre absence t'efface,
Tu fuis dans la fortune, et mieux dans la disgrâce.
     » Dans un monde inconnu je conduisis mes pas,
Mon âme, tendre encore, allait cherchant d'appas,
Qui pussent l'attacher et la rendre plus sage ;
Mais dès le premier jour m'arrêtant au passage,
Je sus m'apercevoir combien je m'égarais.....
Je donnais beaucoup plus que je ne recevais.
On ne voulait de moi ni sublime langage,
Ni sentimens profonds, et mon unique ouvrage
Était de m'abaisser pour gagner leur hauteur.
Traité d'esprit distrait, romanesque, rêveur,
Honteux de cet état, dégoûté du grand monde,
Je vivais au faubourg dans une paix profonde,
Évitant les humains, libre dans tous mes vœux,
Paisible, indépendant, oublié, mais heureux.
Inconnu, quelquefois je glissais dans les masses,
Et d'hommes entouré, j'en recherchais les traces!
     » Dans un temple écarté j'étais souvent assis ;
Mes heures s'écoulaient loin des profanes bruits :
Tantôt je contemplais des femmes indigentes,
Elevant vers le Ciel des prières ferventes ;
Ou d'humbles pénitens qui tombaient à genoux,
Au sacré tribunal où Dieu pardonne à tous.
Nul ne quittait ces lieux sans prendre un gai visage ;
Et les sourdes clameurs, les blasphêmes, la rage,
Qui semblables aux flots éclataient au-dehors,
Faisaient pour pénétrer d'inutiles efforts.

« Seigneur, qui vis couler mes larmes en silence,
» Dans ces lieux vénérés, heureux de ta présence,
» Tu sais combien de fois, à tes pieds prosterné,
» Je t'adressais des vœux pour un infortuné
» Trop froissé sous le poids d'une triste existence ;
» Tu sais combien de fois j'implorai ta clémence,
» De me donner la mort, ou de changer dans moi
» Ce vieil homme ennemi des rigueurs de ta loi. »
Eh ! qui n'a ressenti le besoin ou l'envie
De retremper son âme aux sources de la vie ?
Mais l'œuvre du salut est un œuvre divin.
» Vers le soir, du faubourg reprenant le chemin,
Arrêté sur les ponts, au bout de sa carrière,
Je voyais se coucher l'astre qui nous éclaire,
Enflammant les vapeurs de la vaste cité,
Dans un fluide d'or il plongeait sa clarté,
Et son disque arrondi, comme un brillant globule,
De l'horloge des temps figurait le pendule.
J'entrais avec la nuit, repassant au travers
Des places, des palais, et des chemins déserts;
Je fixais m'arrêtant la lumière qui brille
Dans la demeure où l'homme assemble sa famille,
Et soudain, en esprit transporté dans ces lieux,
Où le pauvre gémit près des riches heureux,
Je songeais qu'en ces toits habités par des frères,
Je n'avais point d'amis touchés de mes misères;
Et j'allais méditant. Soudain, à coups égaux,
Sur le beffroi gothique abaissant ses marteaux,
L'horloge d'une Église allait répétant l'heure ;
Et d'échos en échos, de demeure en demeure,
Le son multiplié roulait dans tous les lieux.
Dans ce bas-monde, hélas! chaque instant, sous nos yeux,

Fait ouvrir un cercueil, ou répandre des larmes.....
   » Cependant cet état si doux, si plein de charmes,
Finit par me déplaire au bout de quelques jours ;
Mêmes tableaux sans cesse, et semblables discours,
Lassèrent mon esprit ; avec un soin extrême
J'interrogeai mon cœur, je me dis à moi-même
Ce que je désirais ? mais je ne le sus point.
Du désert, tout à coup, je crus avoir besoin ;
J'espérais dans les bois reprendre un nouvel être ;
Et reportant mes pas vers un exil champêtre,
J'allais ensevelir dans ce site isolé
Les soucis dévorans dont j'étais accablé.
Pressé dans mes désirs, comme à mon ordinaire,
Soudain j'allai me clore au sein d'une chaumière
Avec autant d'ardeur et de célérité,
Que lorsqu'autour du monde on me vit emporté.
   » On me dit inconstant, et sans cesse on m'accuse
De ne pouvoir jouir de l'objet qui m'abuse ;
Je me hâte par trop d'épuiser les plaisirs,
Comme si trop nombreux ils passaient mes loisirs ;
Enfin, quand loin du but l'illusion m'entraîne,
Est-ce la faute à moi, si mon attente est vaine ?
Vers un bien inconnu sans relâche emporté,
Je ne trouve partout qu'un bonheur limité,
Sans valeur et sans prix ; mais j'aime de la vie
Les tristes sentimens et la monotonie ;
Et si je pouvais croire à la félicité,
J'irais la chercher loin de l'instabilité.
   Le désert absolu, la nature sauvage,
Des plus doux sentimens me ravirent l'usage,
Sans parens, sans amis, presque seul dans ces lieux,
Ignorant l'art d'aimer (et partant d'être heureux),

D'un long surcroît de jours j'éprouvais l'abondance,
Parfois je rougissais de ma persévérance ;
Et je sentais couler dans mon cœur accablé
Presqu'un feu de volcan par qui j'étais brûlé.
Quelquefois je poussais des cris involontaires,
J'essuyais nuit et jours mille angoisses amères.
Des revers inouïs agitaient mon sommeil,
Et de plus grands encor assiégeaient mon réveil.
Il manquait quelque chose au bonheur de ma vie :
J'escaladais les monts, j'errais dans la prairie,
Appelant de mes vœux cet être désiré,
Précurseur d'un amour futur, mais adoré.
J'embrassais dans les vents l'objet de ma chimère ;
Je l'entendais gémir au bord d'une onde claire,
Tout me le retraçait, les astres dans les airs,
Et jusqu'aux élémens qui réglent l'univers.
    » Cet état de grandeur, d'indigence et d'alarmes
Me procurait parfois d'inconcevables charmes.
Un jour sur le courant de l'onde d'un ruisseau
J'effeuillai, m'amusant, une branche d'ormeau,
Et de chaque débris suivant la destinée,
J'accompagnais des yeux chaque feuille entraînée ;
Un monarque puissant, jaloux de sa grandeur,
Et qui de noirs complots redoutant la fureur,
Appelle à son secours la vigilance active,
Ne ressentit jamais une peine plus vive
Pour ses jours menacés, pour son trône détruit.
O jeunesse du cœur qui jamais ne vieillit !
Le voilà cet écueil où la raison humaine
Toujours semblable à soi, s'humilie et se traîne,
Encore est-il trop vrai que des hommes vantés
Attachent leurs destins à des frivolités !

» Mais comment exprimer les sensations vives
Que j'éprouvais toujours dans mes courses furtives ?
Le bruit des passions dans le vide d'un cœur,
Des flots tumultueux et des vents en fureur
Dans la paix du désert, imite le murmure,
On jouit ; mais comment en tracer la peinture ?

» L'automne me surprit, incertain, chancelant,
Je vis le sombre hiver avec ravissement :
Tantôt j'aurais voulu, porté sur les nuages,
Semblable à ces héros tant vantés des vieux âges,
Errer parmi les vents dans le vague des Cieux ;
Tantôt avec fureur je formais d'autres vœux,
Je désirais mon sort égal au sort du pâtre
Qui réchauffait ses mains auprès d'un feu grisâtre,
Dans le coin du grand bois, de broussailles formé,
Et d'un souffle débile avec peine allumé ;
J'écoutais ses chansons, sa voix mélancolique
Me rappelait des airs d'une innocence antique,
Qu'aux murs de mon pays conservent nos neveux.
Le chant de l'homme est triste alors qu'il est heureux.
Notre cœur comme un Luth dont la corde est cassée,
Souvent de son bonheur exprime la pensée
Sur les tons languissans consacrés aux soupirs.

» Follement emporté par de vagues désirs,
J'errais près des forêts sur l'aride bruyère ;
Mon âme à méditer s'appliquant tout entière,
D'un bien frêle sujet empruntait l'aliment :
Un rameau de verdure emporté par le vent,
Une triste cabane, une vapeur légère,
Qui, s'élevant du toit d'une pauvre chaumière,
Allait, en ondoyant, se perdre dans les airs
Ou sur le front jauni de l'arbre des déserts ;

La mousse qui flottait sur le tronc d'un vieux chêne,
Ou l'onde d'un ruisseau qui serpentait la plaine ;
Une roche écartée, un étang délaissé,
Où murmure le jonc, l'un sur l'autre froissé ;
Le clocher du hameau dominant le village,
Des oiseaux voyageurs une troupe sauvage,
Que j'aimais à fixer, que je suivais des yeux,
Quand passant sur ma tête ils s'envolaient aux Cieux ;
Je pensais au climat, ignoré de ce monde,
Qui reçoit sur ses bords leur troupe vagabonde.
Par un secret instinct j'enviais leur bonheur.
Armé d'ailes comme eux, et comme eux voyageur,
Les suivre en tous les lieux eût été mon délire ;
Mais une voix du Ciel semblait alors me dire :
« Mortel, de ton départ le temps n'est pas venu :
» Le souffle de la mort gronde-t-il, l'entends-tu ?
» Attends qu'il soit levé. Comme l'oiseau rapide,
» Vers les cieux étoilés la mort sera ton guide,
» Tu verras ces beaux lieux désirés de ton cœur. »
   » Orages levez-vous, souffle consolateur,
Venez et levez-vous, sur vos ailes légères
René veut parcourir d'autres cieux, d'autres terres.
En prononçant ces mots, d'un ton vif, animé,
Je marchais à grands pas le visage enflammé ;
Je ne ressentais plus ni frimats, ni froidure,
Le zéphir agitait ma longue chevelure.
Plein d'amour, de tourment, d'espoir et de bonheur,
Je paraissais troublé par le démon du cœur.
   » La nuit quand l'aquilon ébranlait ma chaumière,
Quand l'averse tombait, quand des nuits la courrière,
Se montrait sillonnant les nuages pressés,
Comme un pâle vaisseau sur les flots courroucés,

Alors, au fond du cœur doublait mon existence ;
De créer l'univers je rêvais la puissance....
Ah ! si dans ce moment j'eusse pu dans un cœur
Transmettre mes désirs, ma joie et mon bonheur,
O Dieu ! comme autrefois à notre premier père,
Si tu m'avais donné pour m'aimer, pour me plaire,
Une femme adorée, un être né de moi......,
René, charmante idole, eût fléchi devant toi.
De mes bras t'embrassant, femme auguste et chérie,
J'aurais prié le Ciel de te donner ma vie.

» Mais hélas ! j'étais seul, seul avec des remords,
Une sourde langueur circulait dans mon corps.
Le désir du néant conçu dans mon enfance,
Vint tourmenter mon âme avec persévérance.
Mon cœur à mes pensers refusait l'aliment,
J'existais par l'ennui qui causait mon tourment.

» Assez je combattis cette attaque terrible,
Peu résolu de vaincre un attrait invincible ;
Enfin n'espérant plus de guérir de ce mal,
Je souris à l'espoir de ce crime infernal.
La mort était le bien de mon âme blessée,
Et partant, de mourir je conçus la pensée.

» Prêtre qui m'écoutez, accordez son pardon
A l'homme à qui le ciel enlevait la raison.
Mon cœur religieux, ma langue était impie ;
Je reniais le Dieu que mon amour supplie,
Mélange de vertus, d'erreurs, d'obscurités,
Mes jours coulaient empreints de contrariétés.
Mais l'homme veut-il bien toujours ce qu'il désire ?
A-t-il sur sa pensée un souverain empire ?

» Tout fuyait à la fois, le monde et ses plaisirs,
La retraite propice aux langoureux soupirs,

L'amitié de deux cœurs, cette chaîne parfaite :
J'avais goûté de tout, amour, monde, retraite,
Comblé de tous vos biens j'en déplorais l'essai.
Dédaigné des humains, par ma sœur délaissé,
Quand le désert m'eût fui qu'avais-je pour partage ?
La planche du salut qui survit au naufrage,
Sous moi se dérobant me laissait engloutir...

» Mais lassé de la vie, et jaloux d'en sortir,
Avec calme et froideur j'en conçus la pensée ;
J'entourai de raison ma démarche insensée,
Sans en fixer d'abord le jour ni le moment.
Qu'avais-je à me presser ? je voulais seulement
Savourer, à longs traits, cette courte existence ;
D'un stoïque Romain imitant la constance,
Rassemblant mes efforts, sans craindre et sans pâlir,
Voir s'échapper mon âme, et joyeux, applaudir.

» Cependant agité de ces projets tragiques,
Je crus donner des soins aux choses domestiques.
Sur des points d'intérêt je consultai ma sœur,
De mon isolement je lui peignis l'horreur.
Sans doute, malgré moi, cette plainte touchante
Décéla de mon cœur l'amour vive et constante.
J'avais cru la cacher, mais c'était bien en vain ;
Ma sœur accoutumée à lire dans mon sein,
S'expliqua ce secret qu'elle avait su connaître ;
La gêne qui régnait dans le cours de ma lettre,
Le reproche d'ingrate à ma sœur adressé,
De ces soins étrangers mon cœur trop empressé,
Tout émut sa tendresse ; et venant me confondre,
Je la vis me surprendre au lieu de me répondre.

» Pour sentir les ennuis de mon cœur déchiré,
Lorsque de cette sœur je vivais séparé ;

Pour éprouver ma joie en la voyant encore,
Sachez que des beautés dont mon pays s'honore,
Amélie, à la fois, l'ornement et la fleur,
Avait seule vaincu mon invincible cœur.
Comme en un pur ruisseau l'onde pure s'écoule,
Mes sentimens aux siens allaient s'unir en foule.
J'éprouvai la voyant une extase d'amour :
Ah, depuis si long-temps j'attendais son retour!
Mon âme aussi voulait par elle être entendue...
    » Je volai dans ses bras, quand d'une voix émue :
« Ingrat tu veux mourir, et je vis près de toi!
» Dit-elle; tu me fuis, tu doutes de ma foi!
» Va, ne t'expliques pas, point de subtile excuse,
» Absente, j'ai tout su, crois-tu que l'on m'abuse ?
» Tu voulais donc tromper ta compagne, ta sœur ?
» Celle qui la première a vu battre ton cœur,
» Voilà ce qu'a produit dans un doux caractère
» Ce désir du néant à ton bonheur contraire.
» Mais tandis que ta sœur te presse sur son sein,
» Jure-lui de quitter ce barbare dessein,
» J'exige ce serment, promets que de ta vie,
» D'attenter à tes jours tu n'auras plus l'envie. »
    » En prononçant ces mots, ma sœur d'un œil ému
Me fixait tendrement; j'étais tout confondu :
Elle couvrait mon front des plus douces caresses,
C'était presqu'une mère avec plus de tendresses.
Gagné par ses bontés, je sentis mon bonheur.
Comme un timide enfant, consolé par ma sœur,
Heureux je m'estimai de subir son empire :
Je jurai, sur l'honneur, de ne point me détruire,
Serment bien solennel! que je fis empressé,
Croyant que du malheur le règne était passé.

» Je ne me trompais pas ; heureux par sa présence,
Je goûtais le bonheur d'une telle alliance ;
Un grand mois s'écoula dans cet enchantement ;
Le matin, quand sa voix, dans mon appartement,
Venait de mon veuvage adoucir la tristesse,
J'éprouvais les transports d'une vive allégresse.
Le Ciel sur Amélie avait mis ses trésors :
Une grâce innocente embellissait son corps,
Un esprit délicat, un peu de rêverie,
Des plus beaux sentimens une heureuse harmonie ;
On eût dit que sa voix, sa pensée et son cœur,
Conspiraient pour la rendre un objet enchanteur.
Timide, d'une femme elle avait la tendresse ;
Ange, des Séraphins, la voix et la sagesse.

» Mais le moment venait d'expier mon bonheur ;
Insensé ! j'avais pu par un désir trompeur,
Appeler sur ma tète une douleur amère,
Épouvantable vœu ! que le Ciel en colère,
Prit le funeste soin de bien vite combler.

» Hélas ! ô mes amis, que vais-je révéler ?
Voyez les pleurs amers qui couvrent mon visage,
Ils en disent assez... Hier René plus sage,
N'aurait pu se résoudre à vous parler ainsi,
Mais à présent tout change, et mon sort est rempli !

» Toutefois, ô vieillards, l'histoire de ma vie,
Dans un secret profond doit être ensevelie ;
Rappelez-vous souvent, pour vous rendre discrets,
Que René vous parla sous l'arbre des forêts.

» L'hiver allait finir ; je voyais qu'Amélie
Dépérissait des biens dont j'entourais ma vie,
Ses beaux yeux étaient creux, son visage maigri ;
Sa voix tremblante et grêle, et son pas ralenti.

Un jour je la surpris en proie à mille alarmes
Au pied d'un crucifix arrosé de ses larmes.
Le monde et le couvent, mon départ, mon retour,
La lumière, la nuit la troublaient tour-à-tour ;
Mais cachant avec soin la douleur qui la touche ,
De stériles soupirs expiraient sur sa bouche.
Tantôt vive et légère, elle courait les champs ;
Tantôt morne et plaintive, elle allait à pas lents.
Elle prenait, laissait, reprenait son ouvrage,
D'un livre qu'elle ouvrait elle effleurait la page ;
Mais sans lire un seul mot, se prenant à pleurer,
Elle allait à l'écart, ou gémir, ou prier.
    » Je cherchais vainement sa secrète pensée :
Quand parfois, dans mes bras, je la tenais pressée ;
Quand je lui demandais qu'elle m'ouvrit son cœur ,
Alors, en souriant, elle disait : « ta sœur
» Imite ton exemple, et s'il faut te le dire,
» Ne sait ni ce qu'elle a, ni ce qu'elle désire. »
    » Trois mois s'étaient passés : dans ma sœur cependant,
Chaque jour plus cruel, le mal allait croissant.
Un message secret, une correspondance
Faisait couler ses pleurs avec persévérance,
Chaque lettre reçue apportant à son cœur,
Une douleur plus vive ou bien plus de douceur.
Du repas du matin quand l'heure fut venue,
Un jour qu'impatient je l'avais attendue,
Je monte la chercher dans son appartement ;
Je frappe, on ne dit rien, j'entr'ouvre doucement,
Le dirai-je ? à jamais ma sœur était absente ;
Mais sur la cheminée à mes yeux se présente
Un paquet par ma sœur à moi-même adressé ;
Tremblant je le saisis , je le lis empressé ,

Près de moi constamment avec soin conservée ,
Cette lettre d'adieux dans mon âme est gravée ,
Je sais la méditer, et je la fais servir
A comprimer l'élan d'un précoce plaisir.
        « Le Ciel m'en est témoin , votre sœur, ô mon frère ,
» Aimerait mieux cent fois mourir que vous déplaire ;
» Mais triste, infortunée, en proie à ma douleur,
» Je ne puis à regret faire votre bonheur.... ;
» Pardonnez, cependant, comme une criminelle
» D'avoir fui, sans vous voir, la maison fraternelle ;
» De rester près de vous j'aurais pu consentir ,
» Et cependant, hélas ! il me fallait partir......
» Mon Dieu secourez-moi.... Vous le savez, mon frère ,
» J'ai toujours eu du goût pour une vie austère ;
» Le cloître est mon seul bien , il comblera mes vœux,
» Et je dois profiter de cet avis des Cieux.
» Il est déjà bien tard , et j'en suis bien punie....
» Dans le monde pour vous je prolongeais ma vie....
» Mais pardon , je me trouble , où va donc me jeter
» Le chagrin dévorant que j'ai de vous quitter....!
        » O mon frère, en ce jour je reconnais utiles
» Ces asiles sacrés que vous jugiez hostiles.
» Il existe un malheur terrible, exagéré ,
» Où le sexe de l'homme est alors séparé ;
» Et quel serait le sort de tant d'infortunées,
» A gémir loin de l'homme à jamais condamnées....,
» S'il n'était dans le cloître un port facile et doux;
» Non, mon frère, le monde est indigne de vous.
» Cherchez donc le bonheur au fond d'un saint asile.
        » Je tais votre serment, je crois bien inutile,
» Par de nouveaux liens d'enchaîner votre foi;
» Vous me l'avez promis, et vous vivrez pour moi.

» Quoi de plus révoltant que la triste manie
» De s'apprêter sans cesse à sortir de la vie ?
» Un homme tel que vous peut aisément mourir ;
» Mais il est glorieux de vivre et de souffrir.
   » Fuyez la solitude, elle vous est contraire,
» Cherchez dans le travail un repos salutaire.
» Je sais que vous riez de la bizarre loi
» Qui nous ordonne ici d'*embrasser un emploi ;*
» Mais ne méprisez pas ces maximes sévères,
» Elles ont pour appui le bon sens de nos pères,
» Il vaut mieux ressembler au commun des humains,
» Que de voir l'indigence obscurcir nos destins.
   » Peut-être vous auriez dans le choix d'une femme,
» Un remède bien doux à l'ennui de votre âme ;
» Une épouse, des fils, rendraient vos jours heureux....!
» Quelle femme n'irait au-devant de vos vœux ?
» Votre esprit, votre amour, votre noble visage,
» Ce regard doux et fier, tout vous serait un gage,
» Un garant bien certain de sa fidélité.
» Avec quel sentiment d'amour, de volupté,
» Ses beaux bras sur son cœur te presseraient sans cesse ».
» Comme tous ses regards conduits par sa tendresse,
» A tes moindres ennuis la feraient accourir !
» Elle serait tout feu, tout amour, tout désir,
» Simple dans ses atours, innocente, jolie,
» Tu croirais près de toi retrouver Amélie.
» Médite ce tableau, ton bonheur en dépend.
   » Moi, mon sort est fixé, je pars pour le couvent :
» Sur le bord de la mer ce pieux monastère
» Convient à la douleur d'une âme passagère ;
» La nuit dans mon manoir, quand j'entendrai les flots
» Murmurer sous les murs de ces vivans tombeaux,

»   Je penserai souvent à nos courses lointaines,
»   Alors que des sapins les cimes incertaines
»   Nous retraçaient des flots le murmure confus :
»   Mon frère, de long-temps ne te verrai-je plus ?
»   Quelques ans avant toi donnée à l'existence,
»   J'agitais ton berceau, j'amusais ton enfance;
»   Souvent le même lit nous a reçu tous deux ,
»   Ah, si le même jour la mort fermait nos yeux!
»   Si le même tombeau renfermait nos reliques!
»   Mais non, je dormirai près des filles pudiques
»   Qui du profane amour ignorent le poison.
»   Pardonne, mon ami, ce pénible abandon.
    »   Je ne sais si ces mots, effacés par mes larmes,
»   Te rediront assez les combats, les alarmes
»   Que ce triste départ aura dû me coûter ;
»   Mais, René, tôt ou tard il fallait nous quitter...
»   Notre vie est si courte et ses biens si fragiles....
»   Souviens-toi de Léon qui fit naufrage aux îles;
»   A peine on le disait descendu chez les morts,
»   Que des vers dévorans avaient rongé son corps;
»   Enfin lorsqu'en Europe on le pleurait à peine,
»   On ne le pleurait plus sur la terre lointaine...
»   Qu'est-ce donc qu'un mortel qu'on oublie à l'instant,
»   Qu'une vapeur légère, un vain souffle de vent ?
»   Lorsque de ses amis une part se désole,
»   L'autre de ses regrets aisément se console.
»   Hélas! mon cher René, mon souvenir dans toi
»   Suivra-t-il de l'oubli l'impérieuse loi ?
»   O mon frère, ta sœur dans le temps s'est enfuie
»   Pour ne plus te quitter dans l'éternelle vie;
»   Mais avant que le Ciel nous donne ce bonheur,
»   Sois au moins de mes biens l'unique possesseur. »

» Si la foudre en éclats à mes pieds fût tombée,
J'aurais eu moins d'effroi dans mon âme troublée,
Que m'en fit ressentir dans ce fatal moment
Cette lettre trouvée en son appartement ;
Quel secret me cachait la cruelle Amélie,
Dans le cloître pourquoi sitôt finir sa vie ?
Pourquoi m'y rattacher par la douce amitié,
Pour me laisser après si digne de pitié ?
Pourquoi vint-elle alors à mes yeux s'apparaître ?
De me ravir le jour j'étais encor le maître,
Je dus à ce projet le bonheur de la voir ;
Mais s'ennuyant bientôt d'un pénible devoir,
Fallait-il, se montrant insensible et cruelle,
Délaisser malheureux celui qui n'avait qu'elle.... ?
On croit avoir tout fait quand on peut réussir
A faire aimer la vie à qui voudrait mourir !
Ainsi je me plaignais déplorant ma disgrâce :
« Ingrate, ingrate sœur, si jamais à ma place
» Le ciel t'eût fait languir dans le vide des jours,
» Tu n'aurais pas long-temps attendu mon secours. »
   » Quelquefois plus tranquille en relisant sa lettre,
Au trouble de mon cœur je croyais reconnaître
Quelque je ne sais quoi de si triste et si doux
Qui soudain dans mon âme apaisait mon courroux.
Un penser qui me vint me remplit d'espérance.
Par les feux de l'amour dévorée en silence,
J'avais cru qu'un mortel ayant su l'enflammer,
Ma sœur se contraignait pour ne point le nommer.
Sa lettre où respirait une vive tendresse,
Ses messages fréquens, sa constante tristesse,
Semblèrent m'expliquer le secret de son cœur :
Pour en être informé j'écrivis à ma sœur.

» Elle me répondit; mais sa réponse vaine
Me laissait ignorer le sujet de sa peine.
Dans tous ses mots cachés j'appris tout simplement
Que du noviciat abrégeant le moment,
Sans retard à l'autel elle vouait sa vie.

» Que je fus indigné contre mon Amélie !
Oh, combien ma tendresse eut alors à souffrir !

» Long-temps irrésolu, puis brûlant de partir,
Je formai le projet d'aller en sa présence,
Par un dernier effort éprouver sa constance.
La terre où près d'un père on m'élevait enfant,
S'apparaissait à moi; je découvris content
Ces bois où je coulais les beaux jours de ma vie;
Et, dans un doux transport, j'écoutai mon envie
De ne point m'éloigner de cet aimable lieu,
Sans lui dire, peut-être, un éternel adieu.

» Le château paternel où l'on nous vit tous naître,
Passait des mains d'un frère aux mains d'un nouveau maître;
Mais le nouveau seigneur vivait loin du hameau.
A travers les sapins qui bordent le château
J'arrive dans les cours, j'aperçois les croisées
Ouvertes par les vents, et les vitres brisées;
Le chardon près des murs croissait à leur hauteur,
Les feuilles que le vent détache avec fureur
Encombraient, s'entassant, tout le seuil des portiques;
Et la mousse couvrait les ruines antiques
De ce perron désert, où dans des temps meilleurs,
Mon père se montrait parmi ses serviteurs;
Le jaune violier surgissait par les fentes
Des pierres que les ans rendaient partout tremblantes.
Un portier inconnu vint m'ouvrir brusquement,
J'hésitai sur le seuil, interdit, chancelant,

Quand l'homme s'écria : « Quoi donc allez-vous faire ?
» Comme ces jours passés, *cette fille étrangère*,
» Quand ce fut pour entrer elle s'évanouit,
» Monta dans sa voiture et soudain repartit. »
Je la connaissais bien cette fille étrangère....
Comme moi sûrement au château de mon père
Elle venait chercher de bien doux souvenirs.
      » Un moment dans mon sein étouffant mes soupirs,
Et cachant d'un mouchoir mes pleurs et mon visage,
Je franchis l'escalier de l'antique héritage.
Le jour presqu'en tous lieux entrait par des éclats;
Le long des corridors l'écho marquait nos pas.
Je visitai la chambre où s'éteignit ma mère,
Celle où pour ses travaux se retirait mon père,
Et celle où de l'amour connaissant la douceur,
J'avais versé mes vœux dans le sein d'une sœur.
Les salles toutes parts se montraient sans tentures,
Et l'insecte, habitant des ruines impures,
Allait enveloppant de réseaux enlacés
Les angles des vieux murs et les lits délaissés.
J'abandonnai ces lieux : pour les voir davantage,
D'y reporter mes yeux je n'eus point le courage.
Qu'ils sont doux les momens; mais hélas! qu'ils sont courts,
Où le frère et la sœur, au printemps de leurs jours,
Les coulent sans revers sous l'aile de leur père!
La famille de l'homme est d'un jour sur la terre,
Dieu selon ses désirs disperse ses débris;
A peine si le père est connu de son fils,
Le frère de la sœur, et la sœur de son frère...
Le chêne est plus heureux, ce géant de la terre,
Près du tronc paternel voit germer tous ses glands,
Et l'espoir de sa race embellit ses vieux ans!

» En arrivant à B *** je demande au plus vite
Et le lieu du couvent et ma sœur qui l'habite ;
Hélas ! bien vainement, car j'appris au parloir
Qu'on n'admettait personne au bonheur de la voir.
J'écrivis à ma sœur : dans une courte lettre
Ma sœur, en peu de mots, me donnait à connaître
Qu'au moment de vouer sa vie et son bonheur,
Elle était tout à Dieu, rien au monde trompeur ;
De ne point l'attrister de ma douleur amère,
Qu'elle verrait par-là combien elle m'est chère.
Ensuite elle ajoutait : « Cependant, si tu veux
» Te montrer à l'autel quand j'y ferai mes vœux,
» Encourager ta sœur et lui servir de père,
» Ce rôle généreux ne peut point me déplaire,
» Il est digne de nous et de notre amitié,
» Et j'implore de toi cet acte de pitié. »
» Cette froide raison, ce stoïque langage,
Aux transports d'amitié fit succéder la rage :
Tantôt j'allais partir, puis changeant de dessein,
Je voulais empécher l'holocauste inhumain ;
Je voulais, (et l'enfer me suggérait ce crime),
Je voulais m'immoler aux pieds de la victime,
L'arroser de mon sang, expirer à ses yeux,
Et mêler mes soupirs à ses funestes vœux.
Une vierge me dit de par sa douce mère,
Qu'un banc m'était offert au fond du sanctuaire,
Qu'on aurait de m'y voir, un sensible plaisir,
Et que le lendemain tout devait s'accomplir.
» L'aurore se levait, silencieux et pâle,
J'entends les premiers sons de la cloche fatale…,
Quand dix heures sonnaient : à peine me traînant,
Je dirigeai mes pas vers les murs du couvent.

Rien n'a droit d'étonner, rien ne paraît horrible,
Après ce sacrifice et touchant et terrible,
Mais l'horreur disparaît quand on a survécu.
  » Le peuple dans la nef s'écoulait répandu ;
On me conduit au banc, tout près du sanctuaire,
Dans mon trouble, à genoux je tombe sur la pierre ;
La grille s'ouvre, on vient ; le prêtre est à l'autel,
Amélie paraît comme un ange du Ciel.
Riche des ornemens d'une pompe nouvelle,
Son air était si doux, on la voyait si belle,
Que chacun tout ému des appas de ma sœur,
Fit entendre autour d'elle un murmure flatteur.
Gagné par ses chagrins, vaincu par sa constance,
De tous mes noirs projets je perdis l'espérance,
Ma force disparut, un bras fort et puissant
Tenait mes bras liés ; soumis, obéissant,
Mon cœur ne m'offrait plus de terribles menaces,
Et je mêlais des pleurs aux actions de grâces.
  » Un trône éclatant d'or pour ma sœur est placé,
Elle y monte, soudain l'office a commencé.
Les flambeaux ont brillé ; l'encens du sacrifice
S'élève vers le Ciel pour le rendre propice,
Et quand de l'accomplir arrive le moment,
Le prêtre revêtu d'un lin éblouissant,
S'avance vers la chaire ; un discours pathétique
Retrace le bonheur de la vierge pudique,
Qui consacre ses jours au service des Cieux.
Quand il eut dit ces mots , « comme un encens pieux
» Jeté sur le brasier, fume, brille et s'élance,
» Tel la vierge. » Soudain un paisible silence,
De célestes parfums semblèrent répandus,
Et des anges ailés , au temple descendus ,

Paraissaient des lieux saints dépouiller les guirlandes,
Et s'envolant au Ciel lui porter nos offrandes.
    » Le discours est fini, les ornemens sacrés
Pour le pontife saint sur l'autel préparés,
Il s'en revêt; bientôt pour l'affreux sacrifice,
Deux sœurs, jeunes encor, conduisent la novice :
Amélie tremblant d'amour et de regrets,
S'agenouille à l'autel sur les plus bas degrés,
Moi, presqu'au même instant, vers ce lieu l'on m'appelle
Pour remplir à l'autel la place paternelle;
Je m'approche; au seul bruit de mes pas chancelans,
Amélie aussitôt sent défaillir ses sens.
Placé près du pontife où le devoir me guide,
Je dois lui présenter le ciseau fratricide;
Mais tout prêt à remplir cet office inhumain,
Un transport de fureur s'élève dans mon sein.
Je me sens possédé d'une indomptable rage,
Elle éclatait; ma sœur rappelant son courage,
Sur moi lance un regard où se peint à la fois,
Et le reproche amer, et la douleur; ma voix,
Ma voix, à ce regard, s'embarrasse interdite,
Ma sœur qui voit mon trouble à l'instant en profite,
Elle avance hardiment sa tête, et ses cheveux
Tombent sous le tranchant du fer religieux.....
Alors en longs replis la robe d'étamine,
Remplace les atours de la chaste héroïne;
Mais sans rendre son air moins touchant et moins beau :
Les ennuis de son front glissent sous son bandeau,
Symbole vénéré d'une âme sainte et pure;
Le lin mystérieux qui voile sa figure,
Sans faste enveloppant son corps humilié,
Accompagne le deuil de son front dépouillé :

Amélie jamais ne fut plus ravissante.
La poussière fixait l'œil de la pénitente,
Mais son âme déjà s'élevait vers le Ciel.

» Ma sœur n'avait point fait encor son vœu cruel ;
Il fallait, pour mourir au monde, à sa folie,
Que le tombeau s'ouvrît sous les pieds d'Amélie :
Elle s'étend bientôt sur le marbre glacé,
Le voile sépulcral sur son corps est placé.
Aux angles du cercueil qui l'enferme vivante,
Brille lugubrement une torche brûlante.
L'étole autour du cou, le livre dans la main,
Le prêtre pour les morts entonne un chant divin ;
(Le chant est poursuivi par la voix des Novices.)
Sainte religion, je connus tes délices !
Mais pour moi tes bienfaits furent amers et doux !...
Forcé près du cercueil de rester à genoux,
Je priais, quand soudain du voile funéraire
Un murmure sortit : je tombe sur la bière,
Et ces mots déchirans, de moi seul entendus,
Viennent porter le trouble à mes sens éperdus :
« Dieu de miséricorde, exauce ma prière,
» Fais-moi mourir ici sur la froide poussière ;
» Mais comble de tes biens un frère malheureux
» Qui n'a point partagé mes détestables feux. »

» Alors la vérité me luit d'un jour funeste,
Ces mots de ma raison me ravissent le reste ;
Je chancelle, je tombe, et d'un fougueux transport
Je soulève, égaré, le linceul de la mort.
Ma sœur est dans mes bras, je l'embrasse, je crie :
« Chaste épouse du Christ, reçois, je t'en supplie,
» Dans le sein du trépas et de l'éternité,
» Ces longs embrassemens de ma fidélité. »

» Ce mouvement, ces cris, cette rumeur, ces larmes,
Dans le temple sacré répandent mille alarmes ;
Le sacrifice cesse et le prêtre est troublé ;
La grille sur ses gonds avec force a roulé.
La foule cependant curieuse, attendrie,
S'élance vers l'autel : on m'emporte sans vie...
(J'ai maudit mille fois le funeste secours
Des mortels dont les soins ranimèrent mes jours.)
Mes yeux à peine ouverts, on m'apprend la nouvelle
Que tout est consommé..., qu'une fièvre cruelle
Avait saisi ma sœur qui me fait un devoir
D'abandonner ces lieux pour ne plus la revoir.
Que cet ordre était dur et ma douleur amère !
Une sœur avait craint de parler à son frère,
Un frère redoutait de parler à sa sœur.
Je sortis du couvent comme du lieu d'horreur,
Où gissent des enfers les feux et la souffrance,
Où l'homme a tout perdu..... tout ! hormis *l'espérance.*
» D'un malheur qui nous touche on supporte les coups,
La force pour le vaincre est inhérente à nous ;
Mais dans autrui causer un mal involontaire,
S'en avouer l'auteur, oh ! cela désespère !
Ce tragique incident me fit bien ressentir
Ce que pour se cacher ma sœur eut à souffrir ;
Les voiles de mes yeux dès ce moment tombèrent,
Les secrets du passé soudain se déroulèrent,
J'expliquai de ma sœur la peine et le plaisir,
Chaque fois que loin d'elle il me fallait partir ;
Ce soin à mon retour d'éviter ma présence,
Le cloître combattu jusqu'à la violence.
Trompeuse illusion ! indomptable désir !
La malheureuse fille espérait de guérir ;

Et l'ardeur de se voir dans le cloître engagée,
L'époque de l'épreuve avec soin abrégée,
Les biens dont j'héritais formaient apparemment
L'objet mystérieux du message fréquent.
　» Sur de tristes douleurs, sur de justes alarmes,
Je sus donc, mes amis, verser d'amères larmes;
Ce funeste accident sut fixer mon désir,
Et constant désormais à pleurer, à gémir,
Je trouvais dans ces pleurs une joie inconnue,
(Qui du moins de mes maux me montrait l'étendue);
Et j'appris satisfait qu'une grande douleur,
Bien moins que le plaisir s'épuise dans un cœur.
　» Je méritais du Ciel ce châtiment sévère;
J'avais, sans son aveu, voulu quitter la terre,
Et Dieu pour se venger en me donnant ma sœur,
Me comblait à la fois de joie et de douleur.
Ainsi dans ses décrets, l'éternelle justice,
Aux crimes des humains prépare le supplice.....
De vivre pour ma sœur j'avais fait le serment,
Amélie à souffrir m'invitait instamment,
Pourquoi la chagriner! d'ailleurs, (chose inouïe)
D'attenter à mes jours je n'avais plus l'envie,
Depuis que sûrement j'étais infortuné,
Suivi de mon chagrin, d'ennuis environné,
(Tant mon cœur était plein de son inquiétude)
Je m'étais fait des pleurs une douce habitude!
　» Un projet tout à coup de moi vint se saisir,
Aux bords Américains je brûle de partir.
　» Pour le Louisiane une flotte mouillée
Attendait dans le port qu'on l'eût appareillée,
Je conclus mon marché pour le frêt du vaisseau,
Et j'avertis ma sœur de ce projet nouveau.

» Amélie avait vu les bords du sombre empire,
Mais Dieu qui lui gardait la palme du martyre,
Alors ne voulut point près de lui l'appeler,
Et ses jours ici-bas devaient encor couler.
Pour la seconde fois à vivre condamnée,
Et reprenant des maux la carrière ordonnée,
Sous la Croix inclinée, allant droit aux douleurs,
Amélie partout ne voyait que des fleurs.
Un combat acharné lui semblait la victoire,
Et l'excès des périls faisait toute sa gloire.

» Les biens dont j'héritais à mon frère laissés,
Les vents qui s'opposaient à mes vœux empressés,
Les apprêts d'un convoi fort lents, mais nécessaires,
Me retinrent au port dans des transes amères.
J'étais suivi partout d'un juste châtiment;
Parfois mes yeux en pleurs regardaient le couvent,
J'allais chaque matin contentant mon envie,
M'informer de l'état de ma chère Amélie;
Et toujours des récits, qui calmaient mes douleurs,
Me remplissaient d'amour, de regrets et de pleurs.

» Autour du monastère incliné sur les ondes
J'allais m'entretenir de mes douleurs profondes,
Et je voyais souvent une Vierge en ces lieux,
Dans une pose triste, et le front soucieux,
Tout près de sa fenêtre étroitement grillée,
Appuyant tristement sa tête humiliée,
Parcourir du regard les rivages déserts,
Le mobile Océan, l'immensité des mers,
Où parfois des vaisseaux portés sur l'onde amère,
Allaient cinglant aux bords d'une terre étrangère.
Ce tableau dans ses sens répandait le bonheur.
Plus souvent, de la lune à la pâle lueur,

J'allais considérer l'intéressante fille,
Contemplant, au travers de la petite grille,
Les flots harmonieux du liquide élément,
Qui sur les murs sacrés se brisaient tristement....
    » Je crois entendre encor l'airain sombre et sévère,
Qui, la nuit, appelait les sœurs à la prière;
Tandis qu'on l'agitait dans sa calme lenteur,
S'avançant, deux à deux, à l'autel du Seigneur,
Les vierges lentement marchaient silencieuses,
Je courais vers le cloître, et des hymnes pieuses
J'écoutais transporté les sublimes concerts,
Confondus dans le temple au murmure des mers.
    » Un Mystère était là, tant de choses contraires
Emoussaient mes douleurs loin de les rendre amères,
Mes pleurs même coulaient plus doux et moins constans,
Versés sur les rochers ou dans le choc des vents.
J'avais pour mon chagrin un retour favorable,
Qui parfois le rendait moins lourd, plus supportable,
Ce malheur non commun flattait ma vanité,
J'espérais pour ma sœur cette félicité.
    » Même avant mon départ j'en reçus l'assurance,
Ma sœur de mes transports blâmait la violence;
Le Temps avait parlé, ce grand consolateur
Emportait dans son vol les ennuis de ma sœur.
« Je le sens, disait-elle, il faut que tout finisse,
» A présent qu'il est fait, l'excès du sacrifice,
» Déplorable qu'il fut, bien qu'il m'en ait coûté,
» Va me rendre, j'espère, à la tranquillité;
» Du monde assez long-temps j'éprouvai les secousses....
» La vie de mes sœurs, si naïves, si douces,
» Leurs vœux purs et sacrés, leurs consolans discours,
» Sont un baume divin répandu sur mes jours.

» Quand les vents déchaînés grondent sur le rivage,
» Quand le Ciel obscurci semble annoncer l'orage,
» Et que l'oiseau des mers chassé par l'aquilon,
» S'en vient battant de l'aile aux murs de ma prison,
» Moi, colombe du Ciel, au bruit de la tempête,
» Je bénis le repos de ma douce retraite :
» C'est ici du Thabor le mont saint et sacré ;
» Dans ce lieu des mortels trop souvent ignoré,
» Du terrestre fracas vient expirer le reste,
» Et les premiers concerts de la Cité céleste.
» Dans ce port assuré de la religion,
» L'âme qui de l'amour a goûté le poison,
» Trompée habilement par sa grâce admirable,
» Se reconnaît heureuse en s'avouant coupable ;
» Aux désirs de la chair, aux indomptables feux,
» Elle fait succéder un amour chaste, heureux,
» Qui calme les transports d'une flamme imprudente,
» Et joint étroitement et la Vierge et l'amante ;
» Sa candeur et sa paix unis divinement,
» Effacent dans une âme, avec enchantement,
» Les désirs insensés d'une trompeuse vie,
» Et les feux mal éteints d'un funeste incendie. »
   » Je ne sais si le Ciel a voulu qu'ici-bas,
Le malheur en tous lieux accompagnât mes pas ;
La flotte allait partir, quand le soleil dans l'onde
Replongeait, en tombant, sa lumière féconde.
Les voiles décoraient presque tous nos vaisseaux.
Pour écrire à ma sœur j'abandonnai les flots
Vers minuit ; quand baigné de mes larmes amères,
J'effaçais du papier les tendres caractères,
J'entends un bruit pareil au sombre bruit du vent.
Mêlés au son du glas, qui sonnait au couvent,

Je distingue les coups du canon de détresse,
A voler vers la mer aussitôt je m'empresse ;
Sur un bloc de rocher je m'assieds tout tremblant,
Et j'écoute des flots le sourd mugissement ;
Dans le noir horizon comme un astre qui brille,
Une lueur flottante apparaît à la grille.
« Était-ce toi, ma sœur, t'inclinant sur la Croix ?
» Levais-tu vers le Ciel ta défaillante voix,
» Pour conjurer le Dieu qui préside au tonnerre
» De dissiper l'orage, et d'épargner ton frère ?... »
Quand le vent sous les murs allait brisant les flots,
Au fond de ta retraite habitait le repos ;
Quand des hommes mouraient sur la roche cruelle,
Il régnait dans le cloître une paix éternelle ;
Les fanaux balançaient sur leur mât chancelant,
Et le phare immobile éclairait le couvent :
Le nocher dans son art se trouble ; et la Vestale
S'acquitte, en se jouant, de la règle claustrale ;
Mais toi, plaintive sœur, tu connus les revers,
Ton naufrage fut grand comme celui des mers,
Ton âme du malheur constamment soulevée :
Ta vie en traits profonds dans mon cœur est gravée.
» Toi qui répands tes feux sur des mondes nouveaux,
Soleil, triste témoin de mes horribles maux ;
Écho de l'Amérique à ma douleur sensible,
Ce fut le lendemain de cette nuit terrible,
Qu'assis sur le gaillard de mon frêle vaisseau,
J'abandonnai la terre où j'avais mon berceau ;
Je contemplai long-temps porté sur les abîmes,
Des arbres du pays les ondoyantes cimes ;
Poursuivant du regard dans un lointain rayon,
Les faîtes du couvent baissés à l'horizon.

» Il dit, et de son sein, une lettre qu'il tire,
Est remise à Souël, et Souël pour la lire
S'enfuyant à l'écart, s'interrompit souvent
Aux sanglots que René comprimait vainement.

» Ce billet qu'à Souël René vient de remettre,
De l'abbesse du cloître était la triste lettre ;
La Mère de ces lieux par des récits touchans,
Dépeignait Amélie à ses derniers momens.
La sœur du bon René, la charmante Amélie,
Victime de son zèle avait perdu la vie,
En guérissant ses sœurs d'un mal contagieux :
On la regrettait fort, et les larmes aux yeux,
On disait cependant que moins à plaindre qu'elles,
Elle goûtait du Ciel les faveurs éternelles.
L'Abbesse y rappelait que depuis quarante ans
Qu'elle avait dirigé tant de cloîtres fervens,
Elle ne vit jamais dans aucun monastère
Une fille si douce, et qui lui fut si chère,
Et qui regrettât moins de ce siècle enchanteur
Les plaisirs passagers et la fausse douceur.

» Chactas pressait René, touché de son jeune âge,
Les pleurs de l'amitié arrosaient son visage.
« Mon fils, dit-il bientôt, je voudrais bien ici
» Retrouver parmi nous le sage Père Aubry,
» Il tirait de son cœur une paix si parfaite
» Qui, tout en la calmant, ressemblait la tempête ;
» C'était presque la lune en un soir orageux ;
» On la croirait céder aux vents impétueux,
» Mais on la voit bientôt inaltérable et fière,
» Poursuivre au-dessus d'eux sa paisible carrière,
» Pour moi dans le torrent je roule abandonné. »

» Souël jusques alors avait ouï René

Sans proférer un mot d'un air sombre et farouche ;
Son cœur n'est point mauvais, l'infortune le touche,
Mais il sait se cacher sous d'austères dehors.
Le Sachem lui parut trop sensible ; et dès-lors :
« Non, rien dans ce récit du frère d'Amélie,
» N'excite la pitié qu'on prodigue à sa vie.
» S'il faut le dire ici, c'est à tort qu'on le plaint,
» Dans lui je vois un homme acariâtre et vain,
» Qui, rempli de projets vagues et chimériques,
» De la société fuit les charges publiques,
» Pour suivre les penchans d'un esprit égaré.
» Mon ami, l'on n'est point un génie éclairé
» Quand on voit les humains sous un jour trop austère.
» La vie ne déplait qu'à l'ignoble vulgaire :
» Voyez dans l'avenir, et vous vous convaincrez
» Qu'il est des maux plus grands que ceux que vous souffrez ;
» Mais quelle honte à vous, qui vous rend méprisable,
» Vous ne rougissez pas d'un malheur véritable :
» La vertu d'une sœur, ses vœux, sa pureté,
» Versent sur vos chagrins un blâme mérité ;
» Amélie a lavé votre faute commune ;
» Car, pour parler ici sans gêne et sans rancune,
» Je crains bien que l'aveu qui sortit du tombeau,
» Ne vous brûle, en ce jour, d'un feu toujours nouveau,
» Que faites-vous donc seul dans cette forêt sombre ?
» Vous y vivez oisif, et des devoirs sans nombre
» Se présentent à vous négligés à la fois !
» Des Saints, allez-vous dire, ont habité les bois,
» Mais combien leurs raisons étaient plus légitimes ;
» Ils pleuraient leurs erreurs, et vous flattiez vos crimes,
» Jeune présomptueux, qui peut-être avez cru
» Que l'homme se créait son bonheur, sa vertu !

» Si vous ne voyez Dieu dans votre sombre asile,
» Fuyez-le, loin de lui, le désert est hostile,
» Il excite dans l'âme un élan vigoureux;
» Mais nous cache toujours l'objet cher à nos vœux.
» L'homme qui voit dans lui des talens nécessaires
» Doit les utiliser en secourant ses frères,
» Mais s'il laisse périr ces trésors dans sa main,
» Ne mérite-t-il pas qu'un vengeur souverain,
» Punissant sans égard sa coupable indolence
» Fasse pleuvoir sur lui les traits de sa vengeance ?
» Ce sort à vos pareils écherra tôt ou tard. »
    » Troublé par ce discours énergique et sans fard,
Du sein du vieux Chactas René lève la tête,
Le Sachem satisfait à sourire s'apprête;
Et ce ris de sa bouche, étranger à ses yeux,
Produisait un effet divin, mystérieux.
« Il a raison, mon fils, il prend un ton austère,
» Au jeune homme, au vieillard également sévère,
» Il flétrit des défauts qu'on se dissimula,
» Reprit le vieil Amant de la belle Atala;
» Quitte donc les soucis d'une vie importune
» Pour jouir des bienfaits de la vie commune.
    » Quand le Meschacebé tout près de son berceau
» Fut lassé de rouler les flots purs d'un ruisseau,
» Il implora des monts, de l'orage et des ondes,
» Il franchit de son lit les traces peu profondes;
» Et désolant son bord autrefois si riant,
» Le superbe ruisseau s'en applaudit d'autant;
» Mais quand il s'aperçut que grâce à son passage,
» Ses flots causaient partout un sinistre ravage;
» Qu'il roulait au désert fangeux et mutiné,
» Il regretta bientôt d'avoir abandonné

» Le lit que lui creusa la main de la nature,
» Les oiseaux de ses bords, les fleurs et la verdure,
» Modestes compagnons de son paisible cours. »
  » Chactas avait à peine achevé son discours
Qu'on entendit la voix d'un chantre au beau plumage,
Pour le milieu du jour annoncer un orage ;
Soudain les trois amis quittèrent ce beau lieu :
René marchait rêveur, l'homme saint priait Dieu,
Chactas, aveugle et faible, allait cherchant sa route.
Gagné par le Sachem, et par Souël sans doute,
René joignit sa femme et ne fut pas heureux.
A peine après deux mois, quand un massacre affreux
Fit tomber nos Français sous la hâche insulaire,
Ils périrent tous trois ; on montre encor la pierre,
Où René dominé par un sombre penchant,
Y contemplait assis le jour à son couchant.

FIN.

LA

CAPTIVE ROYALE,

Romance Espagnole.

» Je suis jeune et mon front est ceint d'une couronne,
» Jeune et Reine, le sceptre a peu d'attraits pour moi;
» Je souffre sous la pourpre où l'ennui m'environne,
» Je pleure et suis captive, et mon époux est Roi!!!

◦●◦●◦●◦●◦

» Vous me sembliez du Ciel une race chérie,
 » Peuples cruels de l'Ibérie,
 » Avant que le sort parmi vous,
» M'eût fait asseoir en Reine auprès de mon époux.....

◦●◦●◦●◦●◦

» On vantait de vos champs la joie et la richesse,
» Vos orangers fleuris, vos cités, votre Cour;
» Et j'aimais cent fois mieux la voix enchanteresse,
 » Qui me disait sans cesse :
» Le noble Castillan est sensible à l'amour.....

◦●◦●◦●◦●◦

» Je quittai mon pays..., je porte la couronne,
» Je suis Reine, et le sceptre a peu d'attraits pour moi;
» Jeune et Reine je souffre, et l'ennui m'environne,
» Je pleure et suis captive, et mon époux est Roi!!!

◦●◦●◦●◦●◦

» Nuages de la Germanie,
» Glaces du Nord, heureux climats
» Mon cœur regrette vos frimats
» Sous le beau ciel de l'Ibérie!...

○●○●○●○●○

» Ah, devais-je m'en éloigner!
» J'étais libre... aux champs de mon père,
» Je suis esclave... et prisonnière
» Aux lieux où je devais régner...

○●○●○●○●○

» Vierges de ma chère patrie,
» Douces compagnes de mes jeux,
» En ce jour vos timides yeux
» Ne connaîtraient plus votre amie...

○●○●○●○●○

» Le diadême a pesé sur mon front,
» L'éclat de mes regards baisse et se décolore;
» Pâle comme un lys du vallon,
» Je me sens défaillir à ma première aurore...

○●○●○●○●○

» Jeune et Reine, le sceptre a peu d'attraits pour moi,
» Je suis jeune, et mon front est ceint de la couronne;
» Je souffre sous la pourpre où l'ennui m'environne;
» Je pleure et suis captive, et mon époux est Roi!

○●○●○●○●○

» Pour la femme du pauvre il est un sort prospère,
» Son travail la nourrit, elle est libre du moins

» De puiser dans sa source une onde salutaire,
   » Qu'elle boit sans témoins...

⦾⦾⦾⦾⦾

   » Et, Reine infortunée,
   » Aux larmes condamnée,
   » Le bonheur a fui loin de moi;
» Le peuple révolté veut des Rois pour esclaves;
» Accourez, ô Saxons, peuples soumis et braves,
» Volez, je suis captive, et mon époux est Roi!

⦾⦾⦾⦾⦾

   » Venez, sensibles à ma peine,
» Monarques, Empereurs, frères de mon époux,
   » Accourez, brisez notre chaîne.
» Mon père, quand les Rois s'inclinent devant vous,
» Redites-leur souvent : « Princes, ma fille est Reine,
   » Son peuple a mal gardé sa foi :
» Assise sous la pourpre où l'ennui l'environne,
» Jeune et Reine, son front est ceint d'une couronne,
   » Et captive elle pleure, et son époux est Roi!

⦾⦾⦾⦾⦾

   » Ainsi que moi, victime couronnée,
» Fils des Césars, votre aïeule autrefois,
» Sur l'échafaud par son peuple entraînée,
» Mêla son sang au sang des Rois;
» Mais moi mourir, si jeune encore!...
   » Non, non, je ne veux pas mourir...
   » Je veux vivre attendant l'aurore
    » D'un plus doux avenir...
» Je suis jeune et mon front est ceint d'une couronne,
» Jeune et Reine le sceptre a peu d'attraits pour moi;

» Je souffre sous la pourpre où l'ennui m'environn e,
» Je pleure et suis captive, et mon époux est Roi !

» Quand Ferdinand me plaça sur le trône,
» En ce moment cruel et doux....
» Enfans du Cid, que me promettiez-vous ?
» Des fers ou le bonheur ? la mort ou la couronne ?
» Ah, barbares, répondez-nous !

» Tout vous plaisait dans moi, ma grandeur, mon jeune âge,
» De fleurs, à pleines mains, vous couvriez mon passage ;
» Mais, jour horrible, jour affreux !
» La terreur, les soupirs deviennent mon partage.
» De nos amis le sang a coulé sous nos yeux,
» Ferdinand a saisi le glaive de Pélage ;
» Mais son peuple indomptable et vain
» Désarmant sa royale main,
» L'a laissé sans appui dans son propre héritage.

» Pour ma défeuse armez vos bras,
» Nobles enfans de l'Ibérie,
» Mon père à votre amour a confié ma vie,
» Espagnols, ne me tuez pas...

» Ferdinand ! qu'ai-je dit ? le crime m'environne,
» Ce lâche sentiment n'est pas digne de toi ;
» Je préfère la mort au deuil de la couronne,
» Je meurs Reine et captive, et mon époux est Roi !

FIN.

www.ingramcontent.com/pod-product-compliance
Ingram Content Group UK Ltd.
Pitfield, Milton Keynes, MK11 3LW, UK
UKHW022132170726
13837UKWH00004B/1520